AF295076

Predrag Mihajlović

Glömskans fantomsmärta

Förlag: BoD Books on Demand, Stockholm, Sverige
Tryck: BoD Books on Demand, Norderstedt, Tyskland
ISBN: 9789178510573

Glömskans fantomsmärta

till

B.M.

Betraktarens introduktion

Jag observerar uppmärksamt hur den levande närmar sig, sträcker ut sin högra hand mot den döendes vänstra - tar omsorgsfullt i den, tittar och läser det skrivna på den, noggrant ... medan den liggandes ögon oåterkalleligt slocknar i sin egen glömska.

Efter att den levande har läst det tar han en svart anteckningsbok och en tjock, röd penna från den andres nu så gott som livlösa andra hand och skriver sakta av det som står skrivet på den andres kalla på sin varma hand, det gör han med högsta fokus, av handrörelserna att döma blir bokstäverna fint formade och onekligen läsvänliga och lättlästa.

Den levande rättar upp sin böjda kropp, med några korta kroppsrörelser justerar ryggsäckens ställning, vänder om lite till höger, slår upp anteckningsboken och börjar anteckna tittande då och då till höger, till vänster och rakt fram, långsamt gående ... lämnande den döende eller redan döde personen efter sig.

Den levande följer jag försiktigt på ett lämpligt avstånd, för att inte bli upptäckt och på så sätt förstöra en märklig struktur som, av allt att döma, hade upprätthållits här. Därför är jag här: att betrakta - med ett särskilt godkännande - och att ta i besittning den svarta anteckningsboken när det visar sig som mest passande, att ingripa behöver jag inget tillstånd till, av rimliga skäl.

Vid slutet av den ena dagen - jag har hunnit observera detta mönster - luktar det som vanligt här, i början av den andra dagen luktar det illa och på kvällen blir man van med det så det började lukta som vanligt igen; jag förstår att alla följande dagar blir sådana; det är min tredje vecka i den här staden som jag kommit till på eget bevåg och jag är inte säker på om jag orkar stanna ytterligare en. **Jag undrar vad som hade gått fel och jag har inget svar på det men det måste ha funnits en helt annan tanke med allt detta.**

Ur
Svarta anteckningsboken

Det är en stad där minnena dör.
    Vad heter staden?
    Var ligger den?

Det är en gata som andra gator i den här staden, gatan där minnena dör, där människostegen dör.

Den är lång - den känns oändlig, det finns inget att se bortom den ena eller andra ändan av den - och sällsamt bred - ömsesidigt kantad av medelhöga bostads- och företagsbyggnader. Bottenvåningarna är här och där reserverade för mat-, kläd- och skoaffärer, där all mat, alla klädplagg och alla skor knappast finns kvar. Det finns inte heller något att se bortom dessa byggnader vars färger bleknar ut likt minnena av dem.

Den är ovårdad och överallt ligger det föremål som jag delvis känner igen och andra jag inte ens kan föreställa mig med hänsyn till mitt nuvarande tillstånd. De jag känner igen är inte brutna eller krossade under några urgamla rituella akter utan befinner sig i gott skick och på så vis bekräftar sin av sina skapare ofrivilligt glömda funktionalitet.

Visst finns himmelen ovanför, grå och inte sevärd, avlägsen, föråldrad och sömnig samt ogenomskinlig - utan något att förväntas av. *Himlen har inga favoriter,* når mig plötsligt denna rent estetiskt lysande mening av Erich Maria Remarque i minnet. Har himlen inte det? undrar jag pragmatiskt. I alla fall är vi inte himlens gunstlingar. Sina favoriter täcker den säkert någon annanstans. **Här finns**

ingen som ber om himlens gunst. Inte heller någon som skulle göra det i vårt anonyma namn.

Det ska tilläggas att solen aldrig skiner här. Denna heta himlakropp är reserverad för andra, avlägsna och lyckligt lottade ställen, här behöver ingen leta efter sin plats under den. Några få nyanser av grått turas envist oavbrutet om här. Det gröna eller det blåa kan man bara drömma om, om någon överhuvudtaget drömmer här; det får jag inte bekräfta. Himmelen, solen och drömmarna har jag ingen möjlighet att tala om.

Än så länge finns det ändå något av det som kan kallas för liv på denna likgiltiga gatans yta.

Lägenheterna är däremot antingen tomma eller utan de levande. De som inte tar sig ut på gatan går bort i dem. Det råder döden antingen i dessa lägenheters tomhet

- där luftdraget obemärkt och oavbrutet drar genom fönstren och tar allt inklusive tomheten med sig och försvinner genom dörren - eller i de ruttna eller ruttnande kroppar som ligger eller sitter där utan någon som kan begrava dem, eller minnas dem. Luften fortsätter strömma genom nästa lägenhet och fönstren till den nästa bostaden och fönstren och fortsätter bara vidare. De där kropparna har jag inte heller någon möjlighet att skriva om, minnena av dem är lika döda som de, borta likt de lägenheternas stulna tomhet. Så är det nuförtiden.

Vid första ögonkast verkar det som om ett alldeles vanligt liv och ordinarie aktiviteter genomförs här. Det verkar däremot inte så vid den andra, skarpare blicken: här lever de amputerade minnenas folk. Bortom fantomsmärtor. Bortom? Vi får se.

Jag uppmärksammar de döende, de är mig lika, de är mig dömda till. Jag är dömd till dem. Det är ett genuint släktskap, som inte vilar på ett blodsband, däremot är det alldeles samstämmigt ofrivilligt som vilket som helst blodsläktskap kan vara. Den enda skillnaden är att man inte kan säga upp det. De döende är mitt enda släktskap nu. Det är det jag antecknar så länge det går att göra. Det gör jag ytterst plikttroget.

Varför jag gör det med ett sådant så att säga slaviskt driv? Det står på den döda handen att jag ska göra det. Jag vet bara att det är mitt livs sista uppgift nu. Min enda och sista *gåva* till mänskligheten? Varför inte? det är inte bara reserverat för Friedrich Nietzsche. Så länge jag minns detta faktum kommer jag att skriva. Så länge jag förmår vara medveten om min egen närvaro kommer jag att skriva. Eller tills pennan tar slut. Varken pennan eller jag kan förutse vem det blir som först tar slut.

Jag antecknar här och nu. Jag antecknar det jag ser, det gör jag snabbt för mina ögon liknar en omskakad kamera som kan stelna när som helst - och sedan slockna. Det är inte därför jag skriver nästan uteslutande i presens. För mig är det förflutna bara ett begrepp som jag endast förmår definiera, knappast fylla på med något innehåll. Meningarna jag lämnar efter mig är det enda förflutna som kan skapas, men inte mitt förflutna, inte för mig. Med presens, knappast med perfekt - med en stor möda - skapar jag preteritum med ett möjligt pluskvamperfekt. Inte för mig, jag kommer inte att kunna läsa det.

Jag är medveten om framtiden, jag kan fylla den med innehåll men vill inte göra det, det är ingen önskad framtid. Framtid som kan reduceras till ett enda ord - som kan liknas med mörkret eller stumheten men som inte än är döden utan föregår den - är inte önskad.

Beträffande min korta framtid skriver jag följande: **framtiden når inte till mitt sista skrivna ord, utan tills det första ord som jag inte lyckas skriva.** Då fortsätter en kort framtid för Någon Annan och når tills dennes första ord som den inte lyckas skriva.

När den riktiga bortgången börjar blir den inte igenkänd av de döende. Inte heller av mig när jag blir det - döende. Det blir döden utan ont, just som det här livet utan minne, som fiskens stumma gapande på det torra. Det blir inget lättnadens skrik. Inget skrik! Likgiltigheten råder såväl i livet som i döendet.

Det jag benämner som nutid kan redan vara framtid för den Icke-existerande Utomstående. Det jag benämner som nutid kan redan vara dåtid för den Icke-existerande Utomstående. Jag vet absolut inte vilket år det är nu så det är kanske verkligen en framtid jag rör mig i. Jag vet inte vilket år det är nu så det är kanske verkligen en dåtid jag rör mig i. För att undvika det absoluta "kanske", säger jag att det jag rör mig igenom är nutid, min egen sådan. Det finns bara en sak jag syftar på, det enda målet som jag inte heller minns varje dag, som ändå driver mig att fortsätta, likt instinkt som driver en insekt. Detta mål står skrivet på <u>min</u> hand nu. Från den ena handen till den andra!

Ibland minns jag inte vad det står skrivet på min hand, utom om jag av en slump ser på det, som jag gör nu, och förstår till och med varför jag antecknar det jag ser och hör. Det händer under mina ljusa stunder. Mina ljusa stunder! Det finns faktisk ganska många sådana, men de minskar till antal, både snabbt och grundligt, och som det ser ut nu kommer det att accelerera mina ansträngningar till trots! Jag glömmer således snart och ofrivilligt det - det som står skrivet på min hand. Sedan glömmer jag allt - det är en utdragen amputation.

Förresten spelar det ingen roll om jag vet vad som står skrivet på min hand. Just nu är det inte heller viktigt för Någon Annan. Jag minns inte vem Någon Annan borde vara. Det är okej, snart kommer jag inte minnas eventuella existensen av den. Någon Annan kommer att hitta mig, det vill säga min med alla dessa tydliga bokstäver täckta hand. Den kommer att förstå vad den måste göra. Då kommer det att vara viktigt för den, det vet jag eftersom jag är Någon Annan, för närvarande. Eller min hand kommer att hitta den, att söka sig till den. Blir min hand utsträckt mot Någon Annan, eller redan livlös liggande på denna gatan kvarstår för Någon Annan att se. Inte för mig, jag vet enbart att det kommer att ske, snart.

Jag misstänker att jag inte går åt rätt håll eftersom den Någon Annan jag kommer att möta eller blir bemött av finns sannolikt inte framför mig. Det är jag som står närmare i kö. Ju längre jag går desto mindre tid kvarstår, tiden är varken till dennes eller min fördel. Jag borde kanske vända om men jag fortsätter till gatans ena ända och därefter kommer jag att gå tillbaka till dess andra ända. **Så långt om framtiden**.

Innan dess går jag långsamt den här långa och förfallna gatan fram, skriver hastigt och korthugget om människorörelser eller människostelhet, alla de nämnda diverse föremåls orörlighet, de användbara men inte längre använda saker och tings finnande - nu ett meningslöst finnande. De människor som ger dessa föremål mening försvinner långsamt nu, först i sin egen glömska, sedan i döden. Lika som det ökande fysiska avståndet från dessa föremål minskar deras storlek, så minskar deras tilltänkta användbarhet med den givna glömskans framåtskridande.

Nu rör jag mig igenom ett rum vars omkringirrande tomma människoögons blickar är berövade medvetenheten om att jag är den ende som någorlunda minns dessa föremåls praktiska syften, men kan inte sätta dem i gång. För mig blir dessa människovarelser och dessa av människan skapade föremål av yttersta vikt och jag anstränger mig krampaktigt att hålla mina ögon och öron, mitt luktsinne, till och med känselsinne på dem, jag känner då och då på dem genom att skaka deras händer, att stryka genom deras hår, sätta handflatan på deras kalla pannor eller helt enkelt dra med fingerspetsen över deras ögonbryn; eller att känna på dessa föremåls hårdhet, former, färger. Jag ser nu en folkmassa som går omkring på gatan och inte lägger märke till varandra, som inte hälsar på sina eventuella nära och kära, vänner eller bekanta. Och om det kunde finnas en

Utomstående här - Utomstående betyder
att vara befriad av vår gemensamma
åkomma - skulle det verka för den som om
folk inte ser, inte vill se; eller inte känner,
inte vill känna dem de möter; eller som
om de är arga på varandra, eller som om
de är upptagna med problemlösningar
som inte går att skjuta upp. Det finns
ingen Utomstående i den gudsförgätna
människostaden, ingen som skulle feltolka
den värld vi vegeterar i. Behövs den?
Behövs det? **Vi kan ändå inte lura
någon!**

På något paradoxalt sätt är vi inte blott en
massa. Långt härifrån finns det tveklöst en
annan värld som av alla upplevs som en
enda gemensam värld, kanske med samma
värdegrund, på gott och ont, här däremot
finns det så många världar som det finns
människor och ingen vet något om den
andres värld, ingen undrar om den andres
värdegrund, den andres livsåskådning.
Dessa världar kolliderar inte utan ett

kosmiskt kaos råder här, en harmoni som upprätthållits av glömskan och stumheten.

Eller: det är inte alls paradoxalt!

Då och då nickar ändå någon mot någon, det uppfattar jag som hälsningstecken. När jag känner då och då igen någon man eller kvinna, eller jag tror att jag känner dem, då hälsar jag - fortfarande med ord. Jag undviker att nicka, jag vill till fullo utnyttja det privilegiet att jag fortfarande kan tala. Jag får nästan aldrig någon respons i form av tillbakablickande eller nickande och aldrig i form av de talande orden. De få nickande kan ändå skatta sig lyckliga för de kan fortfarande om ens svagt känna igen några av sina släktingar, sina vänner eller till och med någon bekant, som jag gör. Språket kan de som sagt inte använda, glömskan följs av stumheten. Det finns inte några röster i form av hälsningsfraser, inga röster att utrycka glädjen, eller sorgen eller humor, inga röster i vredesmod. Ja, till och med vredesröster har tystnat. Stumheten blir det enda språket till slut.

Den omöjliga uppgiften att tala hör till mig nu, det är min givna visstidsanställning, knappast med möjlighet till förlängning.

Tala? Med vem?

Vissa jag ser orkar inte gå utan sitter eller ligger där mitt på gatan, på trottoaren, på eller i de överallt parkerade bilarna där några fortfarande har strålkastarna på och vars motorljud hörs medan de sista bensindropparna ostoppbart försvinner. Några motorljud tystnar - hostande - i och med det släcks strålkastarnas ljus. Lika är det med människorna här, rösterna tystnar, blickarna mörknar. Så blir det också med mig - snart. Under den tiden försöker jag att undvika att trampa på de sittande och liggande.

Jag har fortfarande ett skarpt luktsinne, urinlukten känns just nu, folk häromkring kissar på sig. Jag känner värme mellan benen, sänker huvudet och ser att det är jag som kissat på mig. Det känns bra så länge urinen är varm. Jag känner plötsligt igen en före detta kroppsbyggare, han står orörligt mitt på trottoaren och tittar någonstans i fjärran, han kissar på sig, det måste vara stora mängder urin han kastar ut, fläcken på byxan ökar med stor snabbhet. Han är täckt med ett rött täcke, vilket sticker ut i den gråa omgivningen och påminner mig i min tillfälligt ljusa stund om en svart-vit film av Dušan Makavejev där en del av scenen eller närmare bestämt ett föremål i den - blodet, vill jag minnas - är rött färgat. Det gör min röda penna med - en rörlig röd fläck i den gråa miljön. Det finns några täcken till, vilt spridda på trottoaren, omkring kroppsbyggaren och jag tar ett för mig för säkerhets skull. Jag vill komma honom närmare och säga några korta uppmuntrande ord men vågar inte göra det. Att beklaga över hans öde har jag inte tid, det som han går igenom är en stabilt oskriven regel här, inget undantag; snart är han död som många andra, av hunger eller nattens eller morgons kyla eller vem vet vad - det finns många orsaker som påskyndar döden. På så vis förkortas agonin - en passiv sådan - **dödskamp utan kamp**.

Denna sjukdom är inte smittsam men verkar som om den är det. Jag kan inte mycket om sjukdomar - jag vet att jag inte är läkare fast jag är osäker om mitt eget yrke - men den här kan jag namnet på, den är på sin allra högsta höjd nu. Folk lider av minnesförlust och med det kommer andra förluster. Det är en notorisk sjukdom nu, men ändå gåtfull. Jag lider av samma åkomma och jag lider genom att se den hos andra. Det finns ingen mening med detta och jag vill inte vara i freds med detta i min sista stund. Att det inte finns

en mening med livet här kan jag leva med
det - för livet är en fördom här - men inte
med vetskap om dödens absurditet i
allmänhet och med den omkring svävande
dödens meningslöshet i synnerhet.

Jag behöver tröst. Det räcker inte att bara
gå och anteckna och lämna ett vittnesmål
av en namnlös man efter sig. Jag kommer
onekligen att fullfölja denna uppgift men
det måste inkludera hoppet på att ta farväl
av någon - av världen! - i vilken form som
helst, antigen genom det slutgiltiga gråtet
eller skrattet till farväl. Katarsis! Blotta
tanken på att det inte blir så förstärker
min redan etablerade oro och outsagda
sorg. Eller: kan faktumet att alla födda blir
dömda till döden redan vid sin födelse bli
till tröst? Nej! Vem vill inte bli född om
den redan är född. Den ofödde behöver
ingen tröst - lika som de döda. Född
betyder död! **Varför skrattar vi inte
utan gråter när vi födds?**

Men att inrista sin kvarstående energi i något långvarigt - om än inte permanent - skulle leda till det eviga ljuset som får sin evighet av denna oförstörbara energi! Jag förnimmer en annalkande idé - bara jag känner igen den när den kommer.

Det är inte bara mina byxor, det är också min jacka som blir blöt - det duggregnar. Jag passerar förbi folk, folk passerar förbi mig, deras ansikten ser seriösa ut, ingen mimik hos en gammal, smal man med röd keps, inte heller hos en lika gammal men tjock man utan keps eller hos en vacker medelålderskvinna utan skor eller en skallig kvinna i trettioårsåldern som tuggar något, antingen luften eller sin egen tunga. Eller regndropparna.

Jag går vidare. Det lätta regnet gör att den ljusgråa gatan blir mörkgrå, det passar mina känsliga ögon. Luften blir renare, friskare, regndropparna absorberar de osynliga dammpartiklarna och jag tror att jag känner ozonlukten i mina näsborrar. Jag kastar en blick bakom mig och lägger märke till att det är färre som står eller som sitter eller ligger på marken än tidigare trots att de nya stackarna ständigt dyker upp, fast de avtar till antalet. Varifrån dyker de nya stackarna upp? Från ingenstans, tycks det mig. Eller från varsomhelst. Sättet till deras ankomst hit är lika obekant för mig som min egen är.

Jag ser inga barn eller ungdomar, undrar var de är. Att de inte befinner sig här gör mig glad. Var är de? Är det så att de är bortglömda för att inte någonsin bli födda? **En begraven framtid.** Eller är de undangömda för att en gång i framtiden återvända? **En uppskjuten framtid.** Hur som helst har jag ingen möjlighet att skriva om dem.

Inga hundar heller? Det skulle vara logiskt att se eller höra några gatuhundar på ett sådant ställe. Brist på deras skällandes respons har kanske tvingat dem till att flytta någon annanstans. Maten finns inte precis i överflöd heller här. En hund skulle passa mig som aldrig tidigare. De vänjer sig snabbt till rutiner och att följa rutiner är något som inte bara skulle förlänga livet utan också göra det drägligare. Problemet är bara att det inte finns någon som skulle skapa rutiner för dem. Hursomhelst har jag ingen möjlighet att skriva om hundar.

Jag är trött. Täcket är tungt, smutsen gör det tungt. Duggregnet gör det tungt. Min trötthet gör det inte mindre tungt. Jag är sömnig, täcket känns ännu tyngre. Mina axlar domnar av dess tyngd, mina fingrar stelnar av skrivandet. Jag övertar inga åtgärder för att underlätta mitt tillstånd. Från den eroderade trottoarkanten lite längre fram tittar två stora, svarta, runda och vackra ögon på mig. De är bekanta. Jag vågar scanna hela ansiktet, jag kan inte erinras det, men jag plötsligt gillar det, bli förälskad i det. Först i ansiktet och sedan blir jag förälskad i hela den darrande kvinnliga figuren som närmar sig sakta till mig. Till Flower döper jag henne. Hon kramar om mig med sina kalla armar, jag kramar om hennes kalla kropp och gömmer den under mitt varma täcke. Hon darrar ännu mer och först kort eller långt efteråt slutar hennes kropp darra och jag känner dess sakta kommande värme under mitt långa och smutsiga täcke. I stående ställning hoppas vi att våra kroppar blir uppvärmda ... Egentligen vet jag inte om Flower hoppas på det.

Vi närmar oss en trappa medan det mörknar. Den har en båges form och liknar en kort för länge sedan övergiven gräsbevuxen bro. Några gestalter i olika åldrar och av olika kön sitter på olika trappsteg och stirrar orörligt mot gatan som om det är en flod de tittar på. Under trappan ser jag gräset, det är högt och grått som vatten under en bro.

Nu står vi under trappan, lätt böjda, som om vi tittar mot gräset. Jag börjar göra det, titta mot gräset. Det är skymningen och det är mörkare under trappan och gräset är kolsvart nu. Jag är trött och hungrig, det måste Flower vara med. Dessutom är hennes ansikte oroande blekt vilket gör henne skrämmande vacker. Ur ryggsäcken tar jag upp en skorpskiva. En bit stoppar jag i hennes mun och en i min och fortsätter göra så. Vi tuggar långsamt, jag känner hur det svider i det ömma tandköttet. Hennes ansikte avslöjar inte om hon känner detsamma, det avslöjar ingenting. Jag ser på henne och det är första gången, om jag minns rätt, jag önskar vara frisk. Jag önskar det henne ännu mer.

Hon tar inte sina svarta ögon från mig medan vi lägger oss som förtrollade ner på det svarta, mjuka gräset. Jag antecknar att det är snart natt och att allt borde höras bättre men inte här, här hörs knappast något. Pennan glider snart ur min hand och hittar sin plats mellan våra kroppar ...

Det är mörkt nu.

....

....

Det är mörkt nu, jag faller i sömn ... det är ljust nu, jag vaknar ... Är det en eller två eller tio nätter som jag sovit nu, vill jag inte veta svaret på - solnedgångarna och soluppgångarna är inte observerbara här. Min stela kropp signalerar trotsigt antigen det andra eller det tredje alternativet. Ett sådant dilemma låter jag passera lika som min undran över de antal skrivdagar som står bakom mig.

Två stora, vackra ögon tittar på mig. Vems är dem? Mitt minne är i amputerandets sista fas ändå hör jag tydligt ett väldigt koncist samtal med ett sympatiskt ansikte prytt med två stora vackra ögon och två små fylliga röda läppar. En vass smärta genomborrar mitt hjärta, jag välkomnar den.

"Varför finns hjärtat?" hör jag henne fråga.

"Det finns nog för att slå", svarar jag skämtsamt.

"Men det slår stundtals långsammare och stundtals snabbare", hör jag henne säga.

"När slår det långsammare?"

"När det kallnar", svarar hon tyst och sänker blicken ner mot marken.

"När slår det snabbare?"

"När det älskar", svarar hon livligt och lyfter sin glödande blick upp mot mig.

"Och själen? Varför finns den? hör hon mig fråga.

"För att vandra", svarar hon gåtfullt och jag ser i hennes ögon att hon förväntas ytterligare en rolig fråga.

"Och kroppen då?"

"Hjärtat är kroppen".

”Älskar man bara med kroppen?”

”Med kroppen och själen. Med hjärtat och själen”, svarar hon entusiastiskt.

”Men själen vandrar”, säger jag med en ton som signalerar till att det blir svårare för henne att hitta på någon replik.

”Ja, tills den möter sin älskade”.

”Vad händer då, då?”

”Då leder själen den älskade till det väntande hjärtat”.

Jag stänger ögonen medveten om mitt inbillade eller verkliga minne, öppnar dem igen och vänder huvudet mot dem på min axel vilande ögonen, de är stora, svarta, vackra och döda. Försiktig stänger jag dem med min varma handflata, det vet jag för hennes skuggtäckande ögonlockar är kalla. Anteckningsboken och pennan ställer jag åt sidan. Jag täcker henne med mitt varma, smutsiga täcke och kysser henne i pannan, jag torkar två tårar innan de lämnar två fuktiga spår på mina respektive kinder.

Jag ångrar det. Jag reser mig upp. Jag torkar inte en enda fallande tår mer, bestämmer jag mig, jag låter dem rinna till sista tåren i min tårreservoar. Det är inte för att underlätta mitt eget öde utan en riktig sorg över den okända eller kanske bara glömda änglalika kroppen. Jag tillåter mig gråta ohejdat och omättligt, skyddad under den här sömniga trappan medan duggregnet bestämt övergår till mer intensivt regnfall denna morgon, medan Flowers livlösa kropp ligger nere på gräset vid mina fötter, medan dess själ vandrar tills den möter sin älskade och vars hjärta den aldrig kommer att förena med den hittade älskade. Jag sträcker ut tungan och fångar de kalla regndroppar som släcker min törst. Jag minns inte en enda kärlek jag har haft i mitt liv. Det sägs att man aldrig minns sin kärlek som det varit på riktigt. Om det är så förlorar jag faktiskt inte så mycket på min glömska av den.

Det har slutat regna nu och jag gråter inte mer. Jag böjer mig ner och plockar upp min anteckningsbok och penna, min ryggsäck från marken, reser mig stönande upp och går vidare med tunga steg tänkande på himmelen, solen och ett par ögon vars form, storlek och färg jag inte minns mer.

38

....

Betraktarens reflektion

Jag ligger i sängen - i ett möbelfattigt rum som inte uppmuntrar till någon fantasi trots sin tomhet och där jag bott i fyra eller fem eller hur många som helst veckor nu - undrande om jag har missat något.

Vad är det jag har missat i så fall? upprepar jag denna fråga minst fyra, fem gånger i timmen. All min tid jag tillbringat i den här fördömda staden har jag envist följt efter en ytterst besynnerlig, oavbrutet antecknande och allt mer långsammare och smalare människovarelse, inte helt övertygad om av vilken anledning jag gjort det.

Varför jag behöver den - övertygelsen? Har jag gjort allt i mitt liv med uppriktig övertygelse? Nej, det har jag säkerligen inte gjort, men jag kunde ändå förstå att någon eller något tvingat mig till att göra ett eventuellt arbete som inte gynnat mig på något sätt. Jag bet ihop tänderna och väntade på lämpligt tillfälle att slippa det jag var tvungen att göra. Nu då? Biter jag ihop tänderna och väntar på ett passande tillfälle att försvinna härifrån och rädda mig?

Jag är ingen *private eye*. Det här liknar inte någon deckare, här pågår inget underhållande, inget spännande. Jag är inte heller någon stalker, jag har inget förföljelsesyndrom, det här är inget jobb för en psykolog. Det jag gör gynnar inte mig på något sätt och ändå gör jag det som inte gynnar mig.

Jag har svårt att ta mig ur sängen av en enda bevekelsegrund: det börjar bli svårt att acceptera att bara äta och smyga efter någon. Dessutom har maten i kylskåpet halverats nu, dessutom går den jag följer efter allt mindre och sitter eller ligger allt mer.

Nu skriver den stackaren allt mindre. Jag oroar mig för hans hälsotillstånd, jag oroar mig samtidigt för detta faktum att jag överhuvudtaget tänker på honom, han är inte min släkting eller min vän, inte ens bekant. Vad har jag med honom att göra? Jag tycker inte ens om hans underliga verksamhet. Behöver jag lära mig något av den? Inte heller är jag förtjust i mitt nuvarande narraktiga handlande. **Ju mer jag förundras över och motsätter mig det jag gör desto mer envist anstränger jag mig i utförandet av det.**

Varför avbryter jag inte den här charaden? Vad är det jag överhuvudtaget väntar på? Var har min ofattbara nybörjarentusiasm tagit vägen? Varför har jag glömt stänga kylskåpet? Varför bor en vuxen man som jag ensam i en aldrig tidigare besökt värld? Varför stirrar jag på mina avtäckta fötter en stor del av den tid jag tillbringar här i det märkliga rummet? Är det ett hotellrum eller är det ett hyrt rum? Jag minns inte att jag betalat för det. Som jag kan förstå har jag inget kreditkort så de har inte tagit ut pengarna via det. Vem har lagt den tjocka röda pennan på mitt bord? Den är likadan som den mitt gåtfulle följeobjekt tar i bruk ... Jag har inga kontanter heller. Varför uppfattar jag detta rum som märkligt?

Jag minns varken datum eller orsak till min ankomst här. Jag trodde att jag visste det. Det jag vet är att jag är gift, att jag har en fru och fyra barn. Jag är alltså en familjeman. Jag minns namn på min kära fru och mina kära barn, jag kan föreställa mig deras ansikte, men ibland förvandlas min frus ansikte till någon annans ansikte, min kära systers ansikte exempelvis; ibland kan jag inte sätta rätta namn på mina barn, ibland är det ena med sina tydliga ansiktskonturer som heter Anna, ibland är det det andra med helt olika ansiktskonturer som heter så.

Jag börjar få minnesproblem, verkar det som. Det provocerar fram en extraordinär vrede inom mig. Det finns ingen levande - de på gatan kan inte tas till hänsyn - som jag kan låta min vrede gå ut over. I brist på sådana avreagerar jag mig då och då på en eller två kaffekoppar eller vattenglas genom att kasta dem på väggen, eller genom att slå hårt och upprepade gånger med knytnävar mot den löjligt höga skohyllan där i förrummet som är konstigt nog större än vardagsrummet eller genom att kraftigt stänga dörren till toaletten efter mig. Jag har bestämt mig att med full medvetenhet följa allt jag gör och akta mig från rutinmässiga drag.

Jag går till kylskåpet, öppnar det, tar fram och drycker en inte så speciellt kall mjölk direkt ur förpackningen. När jag är färdig med det lämnar jag mjölkförpackningen tillbaka i kylskåpet och stänger dörren till det, fullt medveten om alla steg jag gjort. Knappt en minut senare går jag till förrummet och tar på mig skorna, låser upp och därefter öppnar lägenhetens utgångsdörr och till sist går ut. Jag låser dörren efter mig. Jag tar inte hissen, inte för att jag bor på första våningen utan för att den är ur funktion. Det vet jag av min erfarenhet, inte genom någon uppsatt papperslapp på hissdörren.

Anteckningsmannen lever nog fortfarande där ute.

Det luktar bränt.

Ur
Svarta anteckningsboken

Epitaf! skriker jag detta ord. Eller det bara ekar i mitt huvud? Epitaf!

Epitaf! Nu förstår jag att idéen äntligen har kommit fram till mig: att skriva min egen epitaf! Det blir min sista idé, vet jag. Jag har inget emot det under förutsättning att den blir förverkligad, det är bättre än tre till oförverkligade. Jag är inte frisk, jag är obotligt sjuk - det vet jag eftersom jag känner till namnet på sjukdomen - och har inget möjlighet att njuta av den kreativa processen, **nu när min skaparförmåga är decimerad är det endast resultat som gäller.**

Att det inte blir någon grav för mig gör det ingenting, dessutom får jag inga brev vilket antyder att det inte blir någon besökt grav - inga blommor, inga tårar ... Jag kommer att samla de sista oskadda resterna av min hjärna, sätta dem i funktion, sysselsätta dem med att hitta på några läsvärda minnesord om mig själv och skaffa en passande tavla att skriva dem på.

För den idéens förkroppsligande krävs inget särskilt yrke så att jag inte minns mitt eget blir inte avgörande. Förresten ser jag inte så tragiskt på det att jag inte minns min profession. Jag har ingen press på mig som om jag skulle ha den om jag hade behållit minnet av den. För den mest omtyckte läraren skulle bara minnet av en enda missnöjd elev försvaga minnen av alla de nöjda. Detsamma kan sägas för en läkare och dess patienter, en författare eller en journalist och deras läsare, en fotbollsspelare och dess supportrar, en bokförare och dess klienter, en bagare och dess kunder, en busschaufför och dess passagerare. Alla dessa yrkesutövares epitaf skulle innehålla en liten, svart inristad minnesfläck som skulle förringa deras trovärdighet i viss mån. Så jag vet vad som inte krävs för att förverkliga min idé, men jag vet inte vad som egentligen krävs för att göra det.

Epitaf - vilket lysande ord! Jag välkomnar mina ljusa stunder! Bara de håller i sig så länge det behövs. Utnyttja dem till fullo blir mitt inre imperativ!

Jag hör en röst! Jag tror inte mina öron, det är någon som talar. Jag ser en äldre dam längre fram till vänster om mig som sitter i en rullstol. På huvudet har hon en svart mössa prydd med några gröna prickar, hennes ben är täckta med ett rent täcke och läsglasögonen vilar på hennes bröst. Jag sätter mig på marken tätt intill henne, lägger försiktigt min vänstra hand på hennes varma högra axel medan jag håller pennan i högra handen och låter den öppna anteckningsboken vila på mina knän tåligt mottagande ordströmmen.

"Min son, min son, titta hur Maxim har renoverat huset ... Vad? Inte i hemlandet? Ja, men det nya landet har brett ut sig ... Demens? Alzheimers? Visst vet jag vad det betyder? Vad? Vad tycker jag om det? Säg inte så! Säg inte sååå! Någon kan höra det och skratta åt mig! Tala bakom ryggen på mig! Har du hört mig?! Har du hört mig?! Okej, okej, du försöker bara skoja lite. Hej då! ...

Hej! ... Tycker du det? Så naiv du är! De går bara omkring ... glider omkring ... en ansiktssida har de, den andra ... har de inte. Vad? Deras hår? Hår?! Så naiv du är! Hår, hm! Är du konflikträdd? Eller står du på deras sida? Har de köpt dig, har de köpt dig, min son? Jag vet, jag vet ... och du är min son ... och jag älskar dig med ... och jag blir så glad, så lycklig när du kommer, när din bror kommer, när alla kommer. Du kommer oftast. Inte de andra. Ja, ja, han, din bror, kommer också oftast. De andra låtsas inte kunna veta språket ... Nej, nej, de kan det, de är listiga. Titta, hur han ler! Död? I två år? Ja, det vet jag ... Men på fotografiet ler din pappa ändå. Han är död och han ler ... Till och med i döden tror han på livets njutning. I går kväll var de alla här. Vilka? Hur då vilka? Både de döda och de levande. Nej, inte han. Fotot lämnar er pappa aldrig ... Vet inte jag. De säger inte det och jag frågar inte vem som är död och vem som är levande, de är här och det räcker. Nej, inte så mycket ... de bara går omkring. Det finns en som inte är snäll, den långa och smala unga kvinnan, kastar mig från sängen på golvet och sen tillbaka i sängen. Det gör ont i knäna! Inga blåmärke? Det ser jag och själv fattar ingenting. Ja, det var kanske en dröm, mardröm ... De gör det också i drömmar, mardrömmar. Det finns en seriös och snäll man, han försvarar mig. Gör inte så mot kvinnan! Skäms du inte?! Din häxa! säger han. Aha, nu är du rädd! Ja, fyra bröder har hon! Jag berättar för dem vad du gör mot den stackars kvinna ... Hon backar, hon är inte så lång längre, men smal är hon fortfarande. Hon vågar inte närma sig mig, utan, så kort och liten som hon nu är, låtsas göra något seriöst, småsjungande och visslande medan hon i smyg plockar mina nyaste klädesplagg och skor, finaste handskar, strumpor och kökstrasor. Ta det bara du! Ta allt! Ta allt, din fattiglapp, men ge det till dina barn!

Ja, fyra bröder och två söner har jag! Vad? Bara två nu? När? Tiden flyger iväg så snabbt. Och min pappa? Sextiosju år sedan? Och vår mamma? Ja, ja, jag menar min mamma. Jag har ropat på henne hela natten men hon svarar inte. Vad är det för mamma som inte svarar på sitt barns rop?

Fyrtio år sedan? Säg ingenting mer, min son! Så ledsen blir jag då … Sorgen genomtränger hela min kropp och själ, det gör ont i hjärtat … Formulerar mig bra? Tack, mina söner, det är väldigt sjyst av er när ni säger så, men vad är så konstigt med det? Har jag inte alltid varit sådan, vältalig? Visst måste ni erkänna det! Visst vet ni det! Hela natten har jag ropat på er men ni har inte svarat en enda gång. Hemskt var det! Fruktansvärt! Varför? Jag trodde att ni hamnat i en fälla".

Nu är hon tyst, tyst i samma värld - <u>sin</u> värld - vilken hon <u>egentligen</u> befinner sig i. Det är bara hennes kropp som vilar här. Det är bara hennes ord som ekar i den värld <u>jag</u> befinner mig i. Hennes ord hör inte till dess sammanhang, de är som ett ljus från fjärran som belyser bara där det lyser och här endast ses som på en stum rörlig bild vars effekter är obefintliga eftersom de inte får mina minnen tillbaka. Ändå sitter jag här i närvaro av den här gamla kvinnans frånvaro, fortfarande medveten om min egen glömska som inte tillåter sig vara till någon märkvärdig hjälp. Glömskans glömska - ärkeglömskan - träder i kraft senare, när min kraft lämnar plats åt den och när jag ger upp hoppet utan egen vilja, men nu, när det finns kunskap om min egen glömska får jag ingen möjlighet att ge upp hoppet om den "märkvärdiga hjälpen".

Vem är hon?

Vem är den här kvinnan vars varma kropp knyter an till ännu ett inbillad minne av ett varmt hav där det osmakliga och ljumma saltvattnet fyller munnen på en simokunnig nioårig pojke som panikslagen tror att han tittar i solen för sista gången i sitt alldeles korta liv, krampaktigt viftande med händerna och benen under havsytan, då den förvrängda och oskarpa solbilden plötsligt och

välkommet skyms av en kvinnas, en ung mammas vackra ansikte som snabbt tar i pojkens hand och lyfter upp honom i luften, i solen som får tillbaka sin ursprungliga form och klarhet?

Jag reser mig upp, kysser i kinden, pannan och händerna på den frånvarande kvinnas närvarande kropp. Hennes näsa är kort för hennes ålder och den gör henne mindre gammal. Jag vet inte hur jag själv ser ut men tror inte att det finns något hos mig som gör mig yngre. Det finns ändå inte någon som skulle observera det om det funnits något sådant. Men denna kvinna är här, det är något exceptionellt med henne som väcker mina misstankar om mig själv. Har det varit jag som suttit här, tätt intill henne och talat med henne utan att jag förstått det, utan att jag hört min egen röst? Vad för hemlighet gömmer hon i sina gråa ögon? Gällande bara henne? Gällande bara mig? Gällande båda oss?

Har min egen röst blivit det avlägsna ljuset, de stumma fotografierna vars "märkvärdiga hjälp" jag ändå hoppas på? Jag faller med hela min kroppstyngd ner på mina knän, lägger huvudet i kvinnans knän, omfamnar dem i min patetiska ställning och blundande och leende andas in alla de antingen inbillade eller från det förflutna komna dofterna, allt från de olika soltorkade frukters dofter till timjans, myntans och basilikans dofter. Jag gråter igen i min ljusa stund, det är glädjetårar den här gången; nu njuter jag i min egen glömskas fantomsmärta vars existens jag inser och vars verkan jag känner och tror fast på nu, som tröstar mig inför det annalkande resoluta slutet. Det är det hoppet som måste inkluderas, hoppet på att ta farväl av någon, av någon men inte av vem som helst utan av den som öppnade mitt inträde i livet. Här upplevs katarsis! Här blir ingen plats för oron över den outsagda sorgen. Är det döden eller den döende som ger den önsketänkande meningsfullheten åt sig själv nu?

Mörkt.

....
....

Ljust!

Jag försöker komma på något stilfullt och gåtfullt när jag tänker på min epitaf. Jag kommer överraskande snabbt på en tillräckligt acceptabel sådan och skriver den omedelbart i min anteckningsbok, sedan, när jag hittar en liten tavla, skriver jag av min epitaf på den.

Mörkt. Ljust! Mörkt. Ljust! Nu är jag åter medveten om min närvaro på den här gatan, fast jag är inte säker om jag går framåt eller bakåt i förhållande till den ursprungliga utgångspunkten ... Mörkt. Ljust! Mörkt. Ljust! Mina ljusa stunder blir kortare och kortare, den nuvarande blir förmodligen den kortaste, den sista ...

Det känns lite sorgligt om inte tragiskt att jag skrivit en egen epitaf, nu när jag samlat ganska mycket av min egen och andras erfarenheter i livet, nu när jag borde använda all den erfarenhet till att komma med något eget att bjuda världen på. Det känns inte heller bättre att göra det innan man samlat erfarenheten, innan man kommit till den livspunkten att bjuda något "eget" till världen.

Mörkt. Ljust!

....
....

Mörkt.

Ljust! Nu känns det som att allt blivit *borta med vinden* ... Borta med vinden blir jag snart med. Då kommer jag inte att gråta, det har jag redan gjort, det görs redan när man föds ... när man för första gången kommer ut i ljuset. **In i mörkret går man tyst.**

....

....

... födelsens skrik ... dödens tystnad...

... det enda jag känner, det enda som finns omkring och ... inom mig är ... kyla ...

... det enda jag tänker på, det enda jag så desperat behöver är värmen ...

 ... hettan ... elden ... den tilldragande elden ...

... ta ingenting ...

... lämna ingenting ...

lämna boken ... lämna pennan ... döden får ingenting ...

....
....

... min hjärna har ätit upp mitt liv...
... sig själv ...

... epitaf ...

... anteckningsboken ... pennan ... energin ...

... återskapa? ... **hoppa** ...

... **i** den tilldragande **elden** ...

Betraktarens upplösning

Jag tittar men ser knappt mitt ansiktes spegelbild i skyltfönstret, försöker urskilja dess drag genom röken som sprider sig överallt. Jag ser att det är smalt, att mitt hår är tunt, att mitt skägg är tjockt och undrar om jag har förändrats eller om jag förblivit sådan innan jag landat här. Det är svårt för mig att minnas mitt utseende från tidigare och ännu svårare att fortsätta titta på min spegelbild eftersom röken börjar irritera mina ögon, jag blir tårögd och blinkar desperat med ögonlockarna, ... fortsätter gå vidare.

Jag förstår att jag rör mig mot rökens källa, det gör jag motvilligt men saknar den nödvändiga mentalstyrkan för att vända om för att skydda ögonen, näsan och halsen. De flesta levande och döda jag ser ligger på gatan eller på trottoaren, det tycks mig som om de levande ligger på magarna och de döda på ryggarna, det lilla av det rena förnuftets logik jag fortfarande besitter kan inte dra en mer rimligare slutsats.

Jag fortsätter följa denna logik och börjar gå på alla fyra, andas lättare medan jag vaket och med - i vilken mån omgivningen tillåter - öppna ögon tittar fram och förväntar mig komma till något om inte helt meningsfullt då så pass viktigt för att fokusera min uppmärksamhet på, något att sysselsätta kroppen och hjärnan med: ett övergivet föremål, en vissen blomma, en någorlunda levande och aktiv djur- eller människovarelse, vad som helst, vem som helst som kan mjukgöra den intensiva känslan av övergivenhet som hänsynslöst upplöser hela min integritet och samtidigt i denna stund bidrar - om än tillfälligt - till en kommen förståelse om vem jag egentligen är, var jag egentligen kommer ifrån, var jag egentligen befinner mig, hur jag lurats komma hit, hur jag lurat mig komma hit, hur jag lever i och hur jag går genom den av mig själv skapade värld som kan jämföras med denna maskhål- eller tunnelliknande väg jag tassar fram på alla fyra. Mamma, mamma, min lilla mamma var har din son hamnat? skriker jag desperat några gånger innan - det är jag medveten om - den insynen försvinner, lika plötsligt som den har kommit.

Jag ser en svart bok och en röd penna lite till vänster om mig. På samma sida bara lite längre fram ser jag oigenkännliga rester av en nerbränd byggnad, känner lukten av bränt kött och okända lukter av olika brända föremål, försöker att inte tänka på den obehagliga synen och de äckliga lukterna utan plockar upp den svarta anteckningsboken och den tjocka röda pennan från trottoaren, öppnar boken och läser följande:

Ovanför marken du står vilar svävande min glömskas osynliga smärta. Nyfiken?

Jag reser mig upp, med ett par korta rörelser justerar ryggsäckens ställning och börjar gå, tittande rakt fram, till höger, till vänster och skriver i den upphittade svarta anteckningsboken med den röda tjocka pennan. Nu är det nuet som gäller.

Nu är det fokus som gäller på den långa och breda gatan som allt mer tappar det utseende en gata definieras av - av dem som projekterar gator, av dem som bygger dem och av dem som nyttjar eller borde nyttja dem. De som nyttjar eller borde nyttja denna gata antecknar jag om, de som är glömda av sig själva men inte av mig så länge det går, tills jag glömmer mig själv. Och när jag gör det dyker det upp Någon Annan som läser från min hand det jag bestämmer mig skriva just nu, med fint formade och lättlästa bokstäver, så dessa människor aldrig blir fullständigt glömda. Finns det viktigare anledning till mitt starka driv för denna verksamhet? **Hur ska jag slippa göra det när jag måste göra det på grund av den här ädla anledningen.**

Om författaren

Predrag Mihajlović (född i fd. Jugoslavien, Bosnien och Herzegovina) har bott i Sverige sedan 1992. Han är jurist, litteraturvetare och lärare.

Mihajlović debuterade med långnovellen *Apatriden och den förvirrade hunden* år 2017. Novellen finns översatt till engelska (*The Apatride and The Confused Dog*) och serbiska (*Apatrid i zbunjeni pas*).

Samma år kom hans kortroman *Skuggor och eldflugor* ut. Den finns i serbisk översättning (*Sjene i svici*).

Novellsamlingen *Stella Canis och andra noveller* (engelsk översätt. *Stella Canis and Other Short Stories)* kom ut 2019.

Nyutkomna långnovellen *Glömskans fantomsmärta* är hans fjärde bok.